Date: 3/16/17

SP J 599.757 CAL
Calhoun, Kelly,
Ferocidad felina :león /

PALM BEACH COUNTY
LIBRARY SYSTEM
3650 SUMMIT BLVD.
WEST PALM BEACH, FL 33406

Adivina

Publicado en Estados Unidos por
Cherry Lake Publishing
Ann Arbor, Michigan
www.cherrylakepublishing.com

Asesora de contenidos: Susan Heinrichs Gray
Asesora de lectura: Marla Conn, ReadAbility, Inc.
Diseño de libro: Felicia Macheske
Traducción: Lachina Publishing Services

Créditos fotográficos: © Eric Isselée/Shutterstock.com, tapa, 3, 4, 9, 11, 15, 17, 21, contratapa; © davemhuntphotography/Shutterstock.com, 1; © kao/Shutterstock.com, 6; © Claudia Otte/Shutterstock.com, 12; © e2dan/Shutterstock.com, 18; © Andrey_Kuzmin/Shutterstock.com, contratapa

Copyright © 2016 Cherry Lake Publishing
Todos los derechos reservados. Ninguna porción de este libro se puede reproducir ni utilizar de modo alguno ni en ningún medio sin autorización por escrito de la editorial.

Catalogación en publicación de la Biblioteca del Congreso
Names: Calhoun, Kelly, author.
Title: Ferocidad felina (fiercely feline) : león (lion) / Kelly Calhoun.
Other titles: Fiercely feline. Spanish | León
Description: Ann Arbor, Michigan : Cherry Lake Publishing, [2016] | Series: Adivina | Audience: Pre-school, excluding K.- | Includes bibliographical references and index.
Identifiers: LCCN 2016008896 | ISBN 9781634714488 (hardcover) | ISBN 9781634714563 (pdf) | ISBN 9781634714648 (pbk.) | ISBN 9781634714723 (ebook)
Subjects: LCSH: Lion—Juvenile literature. | Children's questions and answers.
Classification: LCC QL737.C23 C34218 2016 | DDC 599.757—dc23
LC record available at http://lccn.loc.gov/2016008896

Cherry Lake Publishing agradece el trabajo de The Partnership for 21st Century Skills.
Visite www.p21.org para obtener más información.

Impreso en Estados Unidos
Corporate Graphics Inc.

Tabla de contenido

Pistas.....................**4-21**

Acerca de...................**22**

Glosario...................**23**

Índice......................**24**

Tengo **ojos** que pueden **ver** en la oscuridad.

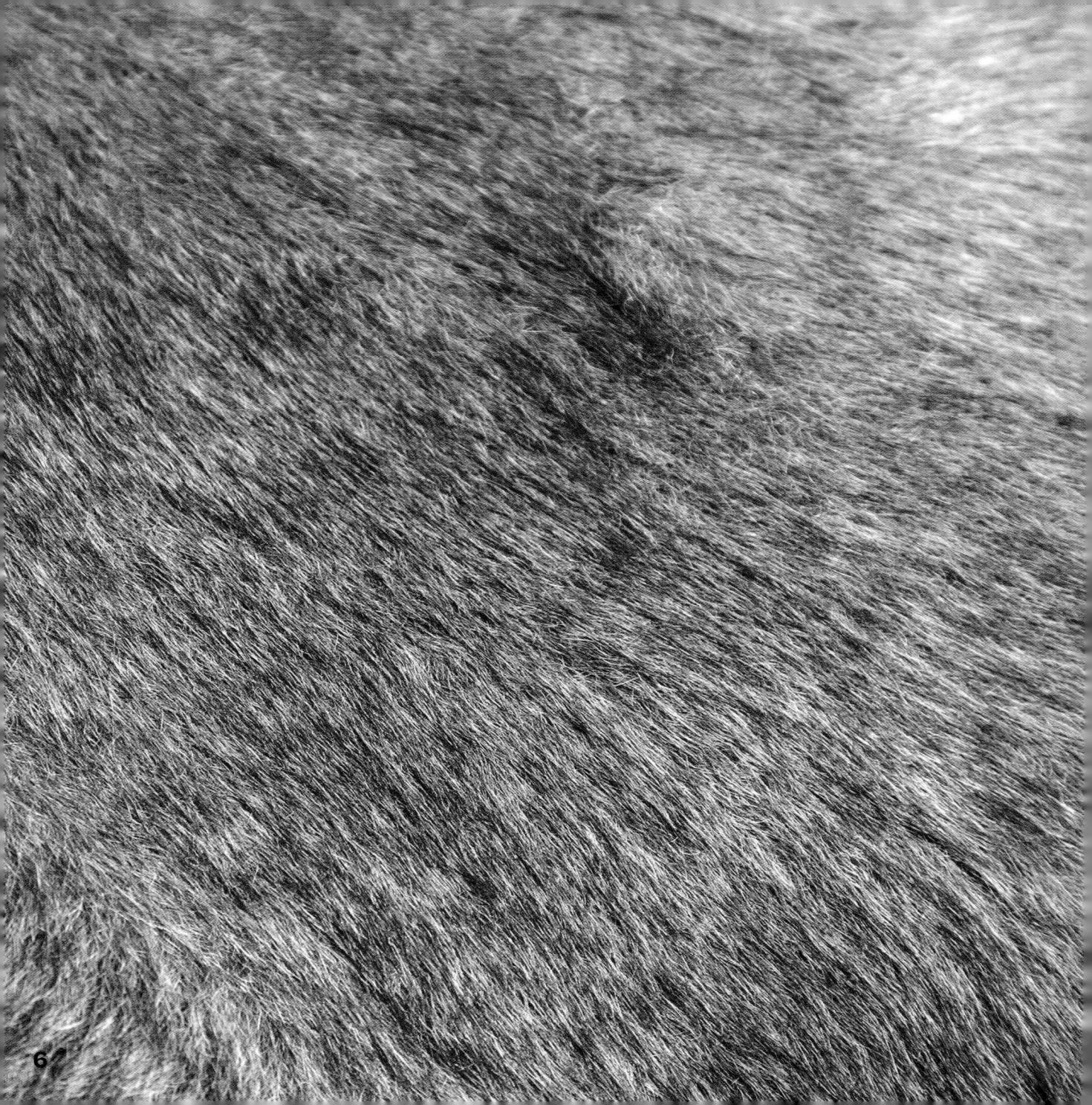

Mi cuerpo está cubierto de pelo.

**Tengo
una melena
espesa.**

Descanso casi **20 horas** al día.

Tengo patas grandes con garras afiladas.

Tengo una borla al final de la cola.

Tengo colmillos largos y afilados.

¡Tengo un RUGIDO fuerte!

¿Sabes qué soy?

¡Soy un león!

Sobre el león

1. El rugido de un león se puede oír hasta a 5 millas de distancia.

2. Los leones macho tienen melenas. Las leonas no.

3. Los leones viven en grandes grupos llamados manadas.

4. Un león puede **cazar** 3 o 4 horas al día.

5. Los leones ven en la oscuridad.

Glosario

borla: un mechón de pelo al final de la cola del león

cazar: perseguir y matar otros animales para comerlos

colmillos: dientes largos y puntiagudos de un animal.

melena: el pelo largo y grueso que hay sobre la cabeza y cuello de los leones y otros animales

rugir: hacer un sonido fuerte, profundo y prolongado

Índice

borla, 14

cazar, 22
cola, 14
colmillos, 16
cuerpo, 7

descansar, 10

garras, 13

manadas, 22
melena, 8, 22

ojos, 5
oscuridad, 5, 22

pelo, 7

rugir, 19, 22